L. Taczanowski

Verzeichniss der Vögel, welche durch die Herren Dr. Dybowski und Godlewski im südlichen Ussuri-Lande, und namentlich an den Küsten des Japanischen Meeres unter 43° n. Br. gesammelt und beobachtet worden sind

Antigonos

L. Taczanowski

Verzeichniss der Vögel, welche durch die Herren Dr. Dybowski und Godlewski im südlichen Ussuri-Lande, und namentlich an den Küsten des Japanischen Meeres unter 43° n. Br. gesammelt und beobachtet worden sind

Unveränderter Nachdruck der Originalausgabe von 1876.

1. Auflage 2024 | ISBN: 978-3-38634-554-5

Antigonos Verlag ist ein Imprint der Outlook Verlagsgesellschaft mbH.

Verlag: Outlook Verlag GmbH, Zeilweg 44, 60439 Frankfurt, Deutschland, info@outlook-verlag.de
Vertretungsberechtigt: E. Roepke, Zeilweg 44, 60439 Frankfurt, Deutschland
Druck: Libri Plureos GmbH, Friedensallee 273, 22763 Hamburg, Deutschland

—*Casarca rutila* Pall.

Oidemia fusca (L.).

Ich sah diese beiden Arten sehr häufig auf dem See Goktscha und in einem Sumpfe zwischen Basminsk und Udian.

Phalacrocorax carbo (L.)?

In dem vorgenannten Sumpfe und in Mundab.

Ph. pygmaeus (Pall.).

In Mundab.

Pelecanus crispus (?) Bruch.

See Goktscha.

P. onocrotalus L.

In zahlreichen Schaaren bei Astrachan.

—*Sylochelidon caspia* (Pall.).

Am Caspischen Meere.

— *Hydrochelidon hybrida* (Pall.).

— *H. leucoptera* (Tem.).

H. fissipes (L.)

Diese Arten wurden ausserordentlich häufig bei Enzeli beobachtet. Es wurden viele Exemplare, alle im Jugendkleide, geschossen.

Sterna hirundo L.

Mianeh, Enzeli.

St. minuta L.

Mianeh, Enzeli.

Croicocephalus ridibundus (L.).

See Goktscha. Mundab.

Larus argentatus (leucophaeus) Licht.

L. fuscus (fuscescens) Licht.

Beide Arten wurden am Caspischen Meere beobachtet, in der Nähe von Baku.

Verzeichniss

der Vögel, welche durch die Herren Dr. Dybowski und Godlewski im südlichen Ussuri-Lande, und namentlich an den Küsten des Japanischen Meeres unter 43° n. Br. gesammelt und beobachtet worden sind.

Von

L. Taczanowski.

Im Herbste des Jahres 1874 wurde die Reise unserer wissenschaftlichen Wanderer durch grosse Ueberschwemmungen in den Gegenden des Chanka-Sees unterbrochen, so dass sie den Herbstzug der Vögel über's Meer versäumten. Sie verbrachten in dieser Gegend das Ende des Herbstes 1874, den Winter, das Frühjahr und den Anfang des Sommers 1875. —

Ausser vielen Beschwerden und Mühseligkeiten, die sie in der Zeit ihrer Forschungen erlitten, hat sich ausserdem noch herausgestellt, dass die Gegend sehr arm an Landvögeln ist. Dr. Dybowski schreibt, dass in jenen Gegenden sich viele kleine Waldungen befinden, die den wilden Vögeln augenscheinlich alle Lebensbedingungen sichern; trotzdem hatte man häufig viele Mühe, die vermutheten Vögel darin zu finden. Aus diesem Grunde haben sich trotz der äusserst mühsamen Forschungen nur unbedeutende Resultate ergeben, wobei zu bedauern ist, dass unsere Reisenden nicht länger dort bleiben konnten; sicher hätten sie interessante und nützliche Entdeckungen machen können, wenn sie ihre Forschungen zu erweitern im Stande gewesen wären. Ehe Dr. Dybowski selbst die Resultate seiner Forschungen im östlichen Sibirien veröffentlichen wird, gebe ich zur Vervollständigung früherer Berichte das nachstehende Arten-Verzeichniss der gefundenen Vögel.

Infolge der obenerwähnten kurzen Excursionen wird die Fauna jener Gegenden durch folgende Arten bereichert: *Herbivox cantans, Suthora bulomachus, Otomela magnirostris, Phoneus bucephalus, Lanius sphenocercus, Eophona melanura, Cuculus* sp.? neben einigen Wasservögeln, die an diesen Küsten noch Niemand beobachtet hat.

+   1. *Haliaëtos pelagica* (Pall.). Drei Exemplare: ein altes Weibchen mit weisser Stirn, Vorderflügel, Hosen und Schwanze; ein junges, wahrscheinlich zweijähriges Weibchen, und ein Junges im ersten Kleide. Bei letzterem sind die Federn des Hinterkopfes und Nackens sowie die Steuerfedern viel länger als bei den Alten; die ersten sind 75 Mm. lang, während bei den Alten die Länge nur 60‴ beträgt. Die Steuerfedern bei dem jungen Weibchen sind 390 Mm. lang, und bei dem alten nur 350.

Es scheint, dass dieser Adler in bedeutender Menge am Meeresufer dieser Gegend überwintert.

+   2. *Haliaëtos albicilla* (L.). Ein altes Weibchen. Dr. Dybowski schreibt, dass dieser Adler zahlreich in dieser Gegend sei.

3. *Poliornis poliogenys* (Temm. et Schl.). Ein altes Weibchen, den 18. Mai erlegt, in stark verblichener Befiederung. Dasselbe ist der Abbildung in der Fauna japonica ganz ähnlich, nur fehlt ihm die rostbräunliche Färbung in den Schwingen; ausserdem hat man a. a. O. vergessen, das charakteristische Kennzeichen, den

aschgrauen Fleck auf den Wangen, welcher auf der Figur auch abgebildet ist, anzugeben.

4. *Accipiter nisus* (L.). Ein altes Weibchen.

5. *Accipiter virgatus* Temm. *(Astur gularis* T. et S. Fn. jap. tb. III.). Ein Paar alter Vögel mit einem Eiergelege.

Das Männchen ist den zwei Exemplaren aus Kultuk und Darasun ganz ähnlich und fehlt ihm, wie diesen, der dunkle Streif auf der Kehle, welcher sehr deutlich auf der Figur der Fauna japonica abgebildet ist; das Männchen aus Darasun hat auf den entsprechenden Federn die dunklen Schafte, die jedoch so schwach sind, dass sie keinen deutlichen Streifen bilden. Beim Weibchen aber ist dieser Streif so deutlich, wie auf der eben genannten Abbildung.

Die Eier sind denen des europäischen Sperbers ganz ähnlich, nur bedeutend kleiner. Die Fleckenzeichnung ist bei jedem eine andere. Eines der Eier hat an der Basis einen Kranz von rothbräunlichen, ziemlich grossen Flecken, vermischt mit etlichen kleinen Punkten und Streifchen sowie einigen schmalen, sich verschlingenden Schnörkeln; auf der übrigen Oberfläche befinden sich wenige kleine Pünktchen und Fleckchen. Das zweite hat einen ähnlichen Kranz am spitzen Ende, bestehend aus verschlungenen, ziemlich groben Schnörkeln mit einigen Flecken; auf der übrigen Oberfläche sind weniger Flecke als beim vorigen. Das dritte hat ebenfalls am spitzen Ende einen aus feinen Schnörkeln bestehenden Kranz, und ausserdem noch Schnörkel und etliche Fleckchen auf der übrigen Oberfläche. Das vierte ist auf der ganzen Oberfläche mit grossen Flecken und einigen Schnörkeln besät, stärker an der Basis, spärlicher aber und mit sehr kleinen Fleckchen an dem spitzen Ende. Auf dem fünften sind nur sehr feine Pünktchen, zahlreicher auf der Mitte der einen Hälfte, und spärlicher auf der übrigen Oberfläche. — Ausserdem haben alle Eier blassbraune breite Schalenflecke auf verschiedenen Stellen der Oberfläche. Das Maass der Eier dieses Geleges ist: 36,2—28,6; 36,6—29; 37,2—29; 38—29; 39—29 Mm.

6. *Strigiceps melanoleucos* (Gm.). Ein altes Männchen.

7. *Scops sunia* Hodgs. *(Otus scops japonicus* T. et S. Fn. jap. tb. IX.)* — Ein Männchen und ein Weibchen, den 27. Mai und 25. Juni erlegt.

Beide Exemplare, sowie das Männchen aus der Ussuri-Mündung, stimmen mit der Beschreibung in der Fauna japonica insofern überein, als die Befiederung des Laufes nur bis an die Basis der Hinterzehe reicht und unten weniger dick ist als bei den europäischen Vögeln. Bei allen diesen Vögeln ist die zweite Schwinge fast eben so lang wie die fünfte, die erste etwas kürzer als die siebente, die dritte und vierte ganz gleich. Ihre Färbung ist im Allgemeinen dunkler als die der europäischen Vögel, nur mit feinerer und dichterer Zeichnung. Das Weibchen hat ziemlich viel Rostfarbe, doch kann man nicht sagen, dass diese Färbung intensiver wäre als bei einigen europäischen Weibchen; die Männchen, namentlich das von der Meeresküste, sind oben dunkelgrau mit sehr schwachem rostigen Anstrich; unten ebenfalls dunkel, aber hier und da mit kaum bemerkbarer rostiger Nuance. Das Maass:

	♂ aus Ussuri-Mündung,	♂ aus Abrek,	♀ aus Abrek.
Totallänge	184	194	208 Mm.
Flugbreite	510	517	523 „
Länge des Flügels	145	155	154 „

Es folgt aus diesen Angaben, dass sie sehr wenig kleiner als die europäischen *S. zorca* sind.

8. *Cypselus pacificus* Lath. Ein Exemplar aus der Port Strielok.

9. *Hirundo gutturalis* Scop. Einige Exemplare beider Geschlechter.

Alle diese Exemplare sind, wie es schon die Herren Schrenck und Radde beobachtet haben, unten viel blässer als die daurischen, baikalischen und irkutskischen Schwalben, und ähneln ganz den chinesischen, die ich in Swinhoe's und Père David's Sammlungen gesehen habe.

10. *Cecropis alpestris* (Pall.). Einige mit daurischen ganz identische Exemplare.

11. *Chelidon lagopoda* (Pall.). Ein Exemplar.

12. *Eurystomus orientalis* (L.) Geschen, aber nicht erlegt.

13. *Turdus ruficollis* Pall. Zwei Männchen und ein Weibchen.

In Bezug auf die Färbung der Unterseite sind die Exemplare ganz verschieden von den zahlreichen Varietäten, welche ich aus Daurien und Kultuk gesehen habe; denn bei einfarbigem Ton des ganzen Mantels ist ihre Unterseite eben so rostgefleckt, wie bei der gewöhnlichsten *T. Naumanni*. Namentlich ist der Untertheil des Körpers eines Männchens ganz ähnlich dem des Männchens der letztgenannten Form aus der Ussuri-Mündung, welches sehr rostig gefleckt ist und auf dem Mantel sehr starke rostige Färbung zeigt. Das zweite Männchen, sowie das Weibchen sind schwächer rostig gefleckt, ähneln aber vollständig der obenerwähnten Art, indem sie dreieckige Flecken auf der Brust und längs der Bauchseiten haben. Dr. Dybowski glaubt, dass diese Drosseln einer von *T. rufi-collis* ganz verschiedenen Form angehören, und hat sie *T. abrekianus* benannt, dabei hinzufügend, dass er innerhalb fast eines ganzen Jahres nie einen echten *T. ruficollis* an dieser Seeküste beobachtet habe.

14. *Turdus fuscatus* Pall.   Ein Paar alter Vögel.

15. *Turdus obscurus* Gm.   Ein Paar alter Vögel.

16. *Turdus pallidus* Gm.   *(T. daulias* Temm.)   Zwei Paare alter Vögel.

17. *Petrocincla manilla* (Bodd.).   Einige Exemplare alter Vögel und ein Gelege aus 6 Eiern bestehend.

Die Eier sind denen der *P. saxatilis* ganz ähnlich, aber etwas grösser. Das Maass der Eier dieser Gelege ist: 27—19; 27—19,6; 27—19,8; 27—20; 27—19; 28—20 Mm.

Das Nest breit und flach, inwendig regelmässig, aber nicht tief. Seine Unterlage besteht aus Baummoos unter Hinzufügung weniger Würzelchen und trockener Blätter; hierauf ruht das eigentliche Nest aus trockenem, von der Peripherie bis zu der Mitte an Feinheit zunehmenden Grase; das Innere selbst ist mit sehr feinen elastischen Hälmchen ohne Zumischung thierischen Materials ausgelegt. Der Durchmesser dieses Nestes 17, Höhe 5, Durchmesser des Innern 10; Tiefe 3 Cm.

18. *Accentor erythropygius* Cab.   Drei Exemplare, den aus Chamardaban stammenden ganz ähnlich; die Farben sind jedoch viel intensiver, weil die Exemplare in der Hälfte des Monats März geschossen sind.

19. *Calliope camtschatkensis* (Gm.).   Ein altes Männchen.

20. *Nemura cyanura* (Pall.).   Ein altes Weibchen.

21. *Herbivox cantans* (Temm. et Schl.).   Mehrere Exemplare alter Vögel und einige Eiergelege.

Die Eier sind denen von *Cettia sericea* ganz ähnlich: ihre Grundfarbe ist schmutzig rosenfarbig in demselben Ton wie die Eier des oben genannten Vogels, oder viel dunkler, rostroth, auf der ganzen Oberfläche einfarbig und nicht gefleckt oder mit etwas dunkleren Fleckchen gezeichnet. Diese Fleckchen sind grösstentheils undeutlich, oft aber auch deutlicher, und manchmal bilden sie einen deutlichen Kranz an der Basis, oder verbreiten sich über das ganze Basalende. Auch die Gestalt variirt ansehnlich, denn einige sind länglich, eiförmig oder elliptisch, andere dagegen kurz und bauchig. Die Eier jedes Geleges sind in Bezug auf Färbung und Gestalt ganz gleich. Das Maass dreier Gelege:

$$1 \begin{cases} 20,3—15,3 \\ 20,6—15,2 \\ 20,6—15,2; \\ 21,2—15,3 \end{cases} \quad 2 \begin{cases} 19—14 \\ 19—14 \\ 19—14,7 \\ 19—14,7 \\ 19—15 \\ 19,5—14,5 \end{cases} ; \quad 3 \begin{cases} 17,2—14,5 \\ 17,5—15 \\ 17,7—14,6 \ \text{Mm.} \\ 17,7—15,2 \\ 19,2—14,6 \end{cases}$$

Der Bau des Nestes ist jenem der *Locustella luscinioides* etwas ähnlich, jedoch viel tiefer und enger und aus breiteren und längeren Blättern von Wassergräsern, die unten und oben herum gelegt und gewickelt sind, gebaut. Das Nest ist inwendig mit wenigen feinen Hälmchen ausgelegt. Der Durchmesser dieses Nestes 10, Höhe 13, Durchmesser des Innern 5, Tiefe 9 Cm.

22. *Calamoherpe orientalis* (Temm. et Schl.). Ein altes Männchen.

23. *Calamoherpe Maackii* (Schr.). *(C. bistrigiceps* Swinh.*)* Zwei Paare alter Vögel.

24. *Locustella lanceolata* (Temm.). Ein altes Männchen.

25. *Horornis squamiceps* Swinh. Einige Paare alter Vögel.

26. *Phyllopneuste coronata* (Temm. et Schl.). Ein Dutzend alter Vögel.

27. *Phyllopneuste superciliosa* (Gm.). Ein Paar alter Vögel.

28. *Regulus cristatus* Ray. Ein Männchen und ein Weibchen, den europäischen ganz ähnlich.

29. *Pratincola indica* Blyth. Einige Exemplare.

30. *Anthus agilis* Sykes. Zwei Männchen.

31. *Anthus japonicus* Temm. et Schl. Zwei Exemplare.

32. *Limonidromus indicus* (Gm.). Ein Männchen.

33. *Motacilla japonica* Swinh. *(M. lugens* Temm. et Schl.*)* Einige Paare Vögel, in der Brutzeit während der Zeit vom 15. März bis Ende Mai geschossen, und ein Eiergelege.

Aus der Untersuchung mehrerer Exemplare im Pracht- und Winterkleide bin ich zu dem Resultate gekommen, dass diese Bachstelze in der Färbung veränderlicher sei, als alle anderen asiatischen Formen, von denen doch alle in dieser Beziehung sehr variabel sind.

Es giebt Männchen, welche denen in der Fauna japonica beschriebenen ähnlich, aber noch charakteristischer sind, ganz schwarz am Obertheile mit völlig weissen Flügeln, nur die Spitzen der vier äusseren Schwingen schwärzlich, die drei Armschwingen sind schwarz, weiss gesäumt, und einige kleine Deckfedern an dem Flügelrande schwarz; an der inneren Fahne der äussersten Steuerfedern ist keine Spur des schwarzen Randes. Andere Männchen, die gleichzeitig erlegt waren, haben bei schwarzem Obertheil des Körpers ebenfalls die Flügel weiss, aber die schwarzen Spitzen der Schwingen sind viel länger und breiten sich über eine grössere Zahl derselben aus; auf einigen Exemplaren jedoch dehnen sie sich auch über einige Schwingen zweiter Reihe aus. Doch bei keinem von diesen Männchen fehlen die schwarzen Wangen, die in der Fauna japonica abgebildet sind. Bei anderen Männchen ist der Mantel mehr oder weniger aschgrau mit einiger Zumischung von schwarzer Färbung ebenso wie in dem Winterkleide, und das Weisse der Flügel ist spärlicher; es giebt auch Männchen, deren Obertheil fast rein aschgrau wie bei *M. ocularis* ist.

Eben so gross ist die Veränderungsfähigkeit bei den Weibchen: der Mantel ist bei ihnen fast eben so schwarz wie bei den Männchen, die Flügel sind ebenfalls weiss; bei einer ist die dritte Steuerfeder vorwiegend weiss. Andere sind ganz der *M. ocularis* ähnlich und haben dunkle, an der Basis etwas weisse Schwingen.

In Bezug auf Grösse finden sich ebenfalls bedeutende Unterschiede; im Allgemeinen sind sie grösser als die obengenannte Form, einige Männchen und Weibchen aber sind jenen ganz gleich.

Auf allen Exemplaren, welche ich besessen habe, habe ich nur zwei beständige Merkmale beobachtet, namentlich: dass bei dieser pelagischen Form das Schwarze auf der Kehle scharf unterbrochen ist, ohne die Gurgel zu erreichen, bei *M. ocularis* aber reicht die Farbe bis an die Basis des Schnabels, ebenso wie bei *M. alba*, mit dem Unterschiede, dass sie das Kinn nicht so breit umgiebt; zweitens, dass der Schnabel immer ein wenig länger und breiter an der Basis ist.

Ich bleibe bei der Meinung, dass *M. japonica* und *M. ocularis* zwei selbstständige Formen sind, weil ich mehrere Exemplare dieser letzteren Art von dem Baikal-Ufer und aus verschiedenen Oertlichkeiten Dauriens gehabt habe und zwischen diesen keinen Uebergang zu *M. japonica* habe auffinden können; alle hatten ein schwarzes Kinn, welches bis an die Schnabelbasis reichte. Man muss jedoch annehmen, dass die beiden Formen einander sehr nahe stehen und dass *M. japonica* sich zu *M. ocularis* verhält, wie *M. Yarelli* zu *M. alba.* —

Das durch Dr. Dybowski den 27. Mai gesammelte Eiergelege stimmt mit denen der *M. alba* überein. Das Maass dieser Eier ist folgendes: 20—16; 20—16,3; 20,2—16; 20,2—16; 20,3—16,3 Mm. Das Nest ist dem der europäischen Bachstelze ähnlich, aber aus etwas anderen Materialien gebaut; an der äusseren Oberfläche ist es reichlich mit den Blättern eines der Najadeen-Familie angehörenden Meergrases besetzt. Nach innen ist das Nest dicht mit Hirschhaaren ausgelegt. Der Durchmesser dieses Nestes ist 14; die Höhe 4,5; der Durchmesser des Innern 8; die Tiefe 2,5 Cm.

34. *Alauda arvensis* L. Sechs Männchen.

35. *Parus minor* T. et S. Ein Paar.

36. *Suthora bulomachus* Swinh. Einige Vögel und ein aus 6 Eiern bestehendes Gelege. —

Die Eier sind regelmässig eiförmig, zartschalig, ziemlich stark glänzend, von blassblauer Farbe, ähnlich derjenigen wie bei den Eiern der *Saxicola oenanthe*. Das Maass: 15—12,4; 15,2—12,3; 15,8—12,2; 15,8 – 12,5; 16—12,4; 16—12,8 Mm. Das Nest dem der *Calamoherpe turdoides* ähnlich und ebenso befestigt, ist jedoch aus verschiedeneren Materialien bestehend. Das von Dr. Dybowski geschickte Nest ist zwischen zwei vergabelten Zweigen eines Strauches und einer zur Umbelliferen-Familie gehörenden Pflanze befestigt. Das ganze Gewebe ist aus verschiedenen trockenen Grashalmen, die grösstentheils breit und fibrös sind, ziemlich dicht und glatt geflochten; auf der Oberfläche befinden sich die Blätter einer unbestimmten Meerpflanze, aus der Najadeen-Familie, die das Nest stützenden Zweige sind gleich wie bei den Rohrsänger-Nestern durchgeflochten; das Innere ist sehr glatt, mit steifen Hälmchen ausgelegt. — Das Ganze ist umgedreht kegelförmig; das Innere sehr tief und rein ausgeglättet. Die Höhe des ganzen Nestes beträgt 18; die Breite 8; der Durchmesser des Innern 4,5; die Tiefe 6 Cm.

37. *Pericrocotus cinereus* Lafr. Einige Paare.

38. *Xanthopygia leucophrys* Blyth. Einige Paare alter Vögel. Einige aus jener Gegend stammende Männchen haben auf einer oder beiden weissen Augenbrauen einen mehr oder weniger deutlichen gelben Anflug genau über dem Auge, was ich auf keinem aus Süd-Daurien und der Ussuri-Mündung stammenden Exemplare

beobachtet habe. Ausserdem haben die obengenannten Exemplare das Gelbe des Untertheils mehr orange. Es ist sozusagen ein Uebergang zur japanischen Form.

39. *Cyanoptila cyanomelaena* (Temm.). Zwei alte Männchen.

40. *Erythrosterna luteola* (Pall.). Ein altes Männchen.

41. *Otomela magnirostris* (Less.). Drei Paare alter Vögel und die Eier dreier Gelege.

Die Eier sind denen des *Lanius collurio* und der *O. phoenicura* ganz ähnlich, und bieten ähnliche Farbenveränderungen, das heisst, bei einem sind die Flecke grau, bei anderen olivenfarbig, bei anderen wieder roth, ebenso geordnet, doch kleiner. Ebenso wie in den vorhergenannten Arten, sind die Eier eines jeden Geleges gleichfarbig. Das Maass dreier Gelege:

$$1 \begin{cases} 21,3—16,5 \\ 21,8—16,8 \\ 22,2—16,5; \\ 23—17,2 \\ 23,2—17,2 \end{cases} 2 \begin{cases} 21,2—17,2 \\ 21,6—17 \\ 21,6—17,3; \\ 22,5—17,2 \\ 23,3—17,4 \end{cases} 3 \begin{cases} 21,3—17,2 \\ 21,8—17,2 \text{ Mm.} \\ 22—17,2 \end{cases}$$

Die Nester dieses Würgers sind auf Strauchzweigen befestigt, beinah zwei Fuss über der Erde; sie sind aus steifen Kräuterzweigen ziemlich dicht und dick gebaut; eines ist fast ausschliesslich aus Heidezweigen, die mit dichten und trockenen Blumen bedeckt sind, gebildet, was ihm ein sehr angenehmes Aeussere giebt. Das Innere ist mit feineren Gräsern und Hälmchen glatt und sorgfältig ausgelegt. Zwischen den Materialien findet man auch frische und trockene, vielleicht zufällig von der Pflanze, auf welcher das Nest befestigt war, herstammende Baumblätter. Gleich wie bei anderen Würgern ist das Nest fast halbkugelig. Seine Wände sind ziemlich dick. Die Höhe des Nestes 7,5; Durchmesser 14; Durchmesser des Innern 7; Tiefe 5 Cm.

42. *Phoneus bucephalus* (Temm.). (*Lanius brachyurus* Pall.) Einige alte und junge Vögel in verschiedenen Kleidern. Sie nisten in dieser Gegend, man hat einen noch nicht völlig erwachsenen Jungen geschickt; die Eier hat man nicht gefunden. Der junge Vogel im Nestkleide ist jenen des *Ph. rufus* ganz ähnlich.

Es unterliegt keinem Zweifel, dass diese Art schon durch Pallas unter einem unrichtigen Namen in der sibirischen Fauna nach den durch Messerschmidt gesammelten Exemplaren verzeichnet war. Seine Beschreibung stimmt in allen Details, ohne die Bürzelfärbung überein, weil man an dieser Stelle auf keinem Exemplare, eine Spur von rostrother Farbe findet.

43. *Lanius major* Pall. Ein Exemplar.

44. *Lanius sphenocercus* Cab. Ein altes Weibchen, mit Dr. Cabanis' Beschreibung von einem aus Canton stammenden Männchen übereinstimmend. Sie zeigt nur zwei Einzelheiten, welche in dieser Beschreibung fehlen, nämlich: auf der Brust und auf den Bauchseiten hat sie einen deutlichen rosafarbigen Anstrich, viel schwächer als bei den *L. minor* und auf der inneren Fahne der dritten Steuerfeder einen viereckigen schwarzen Fleck.

45. *Cyanopica cyanea* (Pall.). Vögel und Eier.

46. *Pica japonica* Temm. et Schl. *(P. media*, Journ. f. Orn. 1875, p. 351). — Ein Männchen, zwei Weibchen und die Eier zweier Gelege. Dr. Dybowski schreibt, dass das Männchen dieser Elster ziemlich angenehm singt.

Die Eier eines Geleges sind denen der europäischen Elster ähnlich, doch sind sie auf weissem Grunde spärlich mit kleinen Fleckchen auf der ganzen Oberfläche besät, die aber an einem Ende viel zahlreicher sind; man könnte sagen, dass sie zwischen den Dohlen- und Elster-Eiern die Mitte halten. Das Maass dieser Eier ist: 32,2—24,7; 32,2—25; 32,8—24,8; 32,8—25; 33,2—24,5; 34—24,3 Mm.

Die Eier des zweiten Geleges sind denen des Eichelhähers ähnlich; ihr Grund ist grünlich, mit einer grossen Menge grau-olivenfarbiger sehr kleiner, doch den Grund verdunkelnder Fleckchen auf der ganzen Oberfläche; jedes von diesen Eiern hat noch an seiner Basis einige feine, mehr oder weniger lange und gekräuselte Schnörkel. Das Maass dieser Eier ist: 34—25; 34—25,4; 35,5—25,4 Mm.

47. *Corvus orientalis* Eversm. Die Vögel mit den baikalischen und daurischen identisch.

48. *Corvus japonensis* Bp. *(C. macrorhynchus* T. et S.) Einige Vögel.

49. *Corvus corax* L. Die aus dieser Gegend geschickten Vögel sind mit baikalischen und daurischen ganz übereinstimmend.

50. *Sturnus cineraceus* Temm. Einige alte und junge Vögel.

51. *Heterornis dauricus* (Pall.). Ein Weibchen.

52. *Emberiza Tristrami* Swinh. Ein Männchen.

53. *Emberiza fucata* Pall. Einige Paare alter Vögel und ein Eiergelege.

Die Eier sind den feingefleckten der Bachstelzen ähnlich; ihre

Grundfarbe ist blassgrünlich, mit zahlreichen feinen blass ziegel-farbigen, unregelmässigen und in verschiedener Weise gemischten Fleckchen gezeichnet; diese Fleckchen sind aber regelmässig auf der ganzen Oberfläche vertheilt, oder etwas reichlicher an dem Basalende; bei einigen ist das spitze Ende wenig gefleckt. Sie besitzen aber keine Schnörkel. Maass: 17,4—14,7; 18,8—15,2; 19—15,2; 19,5—12,2; 19,6—15,6 Mm.

Das Nest ist denen anderer Ammern ähnlich. Es ist aus trockenen, elastischen Gras- und Kräuter-Hälmchen gebaut. Inwendig ist es ziemlich glatt, aber spärlich mit sehr feinen Grashälmchen ausgelegt und mit einigen Pferdehaaren verstärkt. — Der Bau ist ziemlich sorgfältig und dauerhaft. — Der Durchmesser dieses Nestes beträgt 11; die Höhe 7; Durchmesser des Innern 7; Höhe 4,5 Cm.

54. *Emberiza cioides* Brandt. Einige Paare Vögel und die Eier.

Das übersandte Nest ist viel sorgfältiger gebaut als das Nest der vorhergehenden Art. Auf der äusseren Oberfläche hat es eine dicke Schicht von trockenen Kräutern mit Blättern; das Innere dick und sorgfältig mit sehr feinen Hälmchen ausgepolstert, ohne Haare. Der Durchmesser mit äusserer Schicht 15; Höhe 7; Durchmesser des Inneren 7; Tiefe 4,5 Cm.

55. *Emberiza spodocephala* Pall. Einige Paare Vögel und Eier. Kein einziges Exemplar zeigt irgend welche Aehnlickeit mit *E. personata*. —

56. *Emberiza elegans* Temm. Ein Männchen.

57. *Passer montanus* (L.). Ein Männchen, den europäischen ganz ähnlich. Dr. Dybowski schreibt, dass in dieser pelagischen Gegend die Feldsperlinge viel besser singen als die europäischen und ostsibirischen Vögel dieser Art.

58. *Fringilla montifringilla* L. Ein Weibchen.

59. *Coccothraustes japonicus* Temm. et Schl. Ein junges Männchen.

60. *Eophona personata* (Temm. et Schl.). Ein paar Vögel während der Brutzeit geschossen.

61. *Eophona melanura* (Gm.). Ein Paar alter Vögel während der Brutzeit getödtet.

62. *Chrysomitris Dybowskii* n. sp. Ein Männchen und drei Weibchen auf der Insel Askold, unter 43° n. Br. erlegt.

C. spino simillimus, sed mas coloribus vividioribus, mento albido, striga superciliari lutea usque ad frontem producta.

Das Männchen, den 30. Mai erlegt, hat eine viel lebhaftere Befiederung als die Männchen der europäischen Form; das Grün des Mantels ist lebhafter, und schwächer dunkel gestreift; das Gelbe auf der Kehle und Brust stärker und reiner; die Seiten des Unterkörpers sind nur hinten schwarz gestreift; das Gelbe auf der Schwingenbasis reicht viel weiter, eine breitere Binde bildend, und die dunklen Steuerfederenden sind sichtbar kleiner. Die Art zeichnet sich durch den Mangel eines schwarzen Fleckes auf dem Kinn, welches weisslich ist, und durch die gelben Augenbrauen, die sich bis zur Stirn verlängern, aus. Die Weibchen ähneln ganz denen der europäischen Zeisige, doch ist die dunkle Streifung auf dem Mantel etwas breiter und hebt sich stärker von dem Grunde ab, weil die Ränder der Federn blässer sind als bei der europäischen Form; auf den Seiten der Stirn zeigen sie einen deutlichen weissen Fleck, der eine Fortsetzung der gelblichen Augenbrauen bildet.

Bei allen ist der Schnabel schmäler als bei den europäischen Zeisigen, und das Ende des Oberkiefers scheint daher etwas weniger gekrümmt, wodurch der Schnabel mehr kegelförmig wird.

63. *Leucosticte brunneinucha* Brandt. Einige Männchen und ein Weibchen.

64. ✦ *Acanthis linaria* (L.). — Ein Weibchen, den 21. März in Abreks Umgegend erlegt; das Kleid ist prachtvoller als bei den Vögeln, die in Mitteleuropa gegen Ende des Winters geschossen werden: die Federn sind im Allgemeinen kürzer und die Mantelfarbe dunkler.

65. *Uragus sanguinolentus* Temm. et Schl. Ein Weibchen und ein junger Vogel.

66. *Loxia curvirostra* L.? Ein einziges Männchen in gelb und roth vermischter Kleidung. Dieses Exemplar hat den Schnabel schmäler wie die europäischen, baikalischen und daurischen Vögel.

✦ 67. *Pyrrhula orientalis* Temm. et Schl. Ein Männchen, dem röthlichbäuchigen in der Fauna japonica abgebildeten ganz ähnlich. Auf den äussersten Steuerfedern ist ein weisslicher Fleck sichtbar, der, wie es scheint, bei allen drei ostsibirischen Gimpeln häufig ist.

68. *Cuculus indicus* Cab. Ein Paar alter Vögel.

69. *Cuculus* sp.? Ein Männchen, den 26. April 1875 auf der Abrekküste geschossen, gehört einer ganz anderen Art an, wie alle anderen in dieser Gegend gefundenen Kuckuke. Er ist kleiner

als die vorhergehende Art, seine Färbung ist dieser sehr ähnlich, doch hat er am Bauche weniger dunkle Querstreifen, weil jede einzelne Feder zwei Binden hat, während die entsprechenden Federn der genannten Art mit drei Binden gezeichnet sind; die Grundfarbe dieser Federn ist fast rein weiss. Die Farbe der Vorderseite der Kehle ist blasser als bei der vorhergehenden Art, und geht allmählich gegen die Brust in Weiss über, wodurch die dunklere Querstreifung ziemlich deutlich hervortritt. Auf den Unterdeckfedern der Flügel ist der vordere Theil rein weiss mit wenigen dunklen Querstreifchen. Die Unterdecken des Schwanzes, wie bei der vorhergehenden Art, rostig. Die weissen Flecke auf den Steuerfedern sind grösser als bei *C. indicus* et *C. canorinus*. Die Basalhälfte der Unterkiefer ist gelb, die Füsse sind schmutziggelb. Die Iris ist nach Dr. Dybowski's Zeichnung dunkelaschgrau. Das Maas: Totallänge 288, Flugbreite 458, Länge der Flügel 170, des Schwanzes 145, der Schnabel vom Mundwinkel 15 Mm.

Dr. Dybowski schreibt, dass ihre Stimme von den anderen Kuckuksarten ganz verschieden sei.

70. *Cuculus sparverioides* Vig. Drei alte Vögel.

71. *Columba rupestris* Bp. Ein Paar Vögel. Diese Tauben unterscheiden sich von den daurischen dadurch, dass sie mehr weinrothfarbig auf der Brust sind, und dass diese Farbe viel stärker und schmutziger ist.

✝ 72. *Phasianus torquatus* Gm. Sehr häufig in der Gegend.

73. *Hemipodius viciarius* Swinh.? Ein Exemplar aus der Steppe bei Chanka-See.

74. *Charadrius fulvus* Gm. Ein Exemplar.

75. *Tringa crassirostris* Temm. Drei Exemplare.

+ 76. *Tringa acuminata* Horsf. Ein junger Vogel im ersten Kleide.

77. *Tringa Schinzii* Brehm. Ein Exemplar.

78. *Actitis pulverulentus* Müll. Ein Paar alter Vögel, und ein Junges im ersten Kleide.

79. *Totanus glottis* (L.). Ein Exemplar.

80. *Numenius australis* Gould. *(N. major* T. et S.) Ein Männchen und ein Weibchen.

81. *Gallinago Horsfieldi* Gr. Ein Vogel.

82. *Gallinago heterocerea* Cab. Ein Paar.

+ 83. *Scolopax rusticola* L. Zwei Männchen.

84. *Egretta syrmatophora* Gould. Ein Exemplar.

85. *Butorides* sp.? (rothfüssig). Gesehen, aber nicht geschossen.

86. *Rallina erythrothorax* (Temm.). Ein altes Männchen. An der Ussuri-Mündung hat man die Art ebenfalls gehört, aber nicht gefangen.

87. *Sterna longipennis* Temm. — Ein Paar alter Vögel, die mit den baikalischen und daurischen übereinstimmen. Ihre Schnäbel sind etwas kürzer.

88. *Larus glaucus* Brünn. Zahlreiche alte und junge, mit den europäischen identische Exemplare.

89. *Larus pelagicus* Bruch. Ein alter Vogel und zwei Junge.

90. *Larus melanurus* Temm. Zahlreiche alte und junge Vögel und die Eier.

91. *Chroicocephalus capistratus* (Temm.). Ein Exemplar im Winterkleide.

+   92. *Diomedea nigripes* Audub. Drei Exemplare aus dem Port Strielok.

+   93. *Diomedea brachyura* Temm. *(D. albatrus* Pall.*)* Gesehen, aber nicht gefangen.

94. *Aix galericulata* (L.). Ein Männchen.

95. *Fuligula marila* (L.). Ein Exemplar.

96. *Harelda glacialis* (L.). Mehrere Exemplare im Winterkleide.

97. *Phalacrocorax capillatus* Temm. Vögel und Eier. Diese Vögel sind den in der Fauna japonica abgebildeten Figuren ganz ähnlich, nur dass sie nicht grösser sind als *Ph. carbo*. Bei Vergleich mit den europäischen, baikalischen, daurischen und denen aus Argun erweist es sich, dass nicht nur das Maass gleich ist, sondern auch der Flügel beim *Ph. capillatus* grösstentheils um 20—30 Mm. kürzer ist. Der Hauptunterschied von *Ph. carbo* liegt in der Färbung.

1) Der Grund des Rückens, der Flügeldecken und Armfedern ist dunkelolivenfarbig mit grünem Glanze, während er bei dem gemeinen Kormoran rostigbraun ist, ausserdem sind die schwarzen Umsäumungen auf allen diesen Federn bei dem *Ph. capillatus* schmaler.

2) Der befiederte hintere Theil der Unterseite des Gesichtes ist rein weiss mit zahlreichen schwarzen Fleckchen gezeichnet, wie das auf der 83. Tafel der Fauna japonica abgebildet ist, während bei dem gemeinen Kormoran dieser Theil mehr oder weniger mit rostigem Anstrich (chamoi) und ohne schwarze Flecken ist.

3) Die weissen prächtigen Federn auf dem Kopfe und dem Halse sind fadenförmig, sehr fein; dieser Schmuck ist bei einigen Männchen so reich, dass er fast so wie bei dem *Ph. carbo* den schwarzen Grund auf den Halsseiten bedeckt.

4) Die weissen Weichenfedern sind länger, feiner und mehr zerstreut.

5) Der Schnabel ist ein wenig stärker und ganz schwarz. Die Eier sind denen von *Ph. carbo* ganz ähnlich, doch sind sie grössentheils dicker.

98. *Graculus bicristatus* (Pall.). Zwei Männchen und ein Weibchen, im Winterkleide.

99. *Podiceps cornutus* (L.). Ein junger Vogel.

100. *Podiceps cucullatus* (Pall.). Ein Exemplar.

101. *Uria carbo* (Pall.). Alte Vögel im Pracht- und Winterkleide, Junge und Eier.

102. *Uria lomvia* (Pall.) nec L. — Ein Exemplar an der Abrekküste gefangen.

103. *Brachyramphus Kittlitzi* Brandt. Ein Männchen.

104. *Synthliboramphus antiquus* (Pall.). Einige Paare der Vögel im Prachtkleide, Ende März erlegt, und eines im Winterkleide.

105. *Tyloramphus cristatellus* (Pall.). Ein Exemplar.

106. *Ciceronia pusilla* (Pall.). Ein Exemplar.

107. *Cerorhina monocerata* (Pall.). Ein Exemplar.

108. *Mormon cirrhatum* (Pall.). Zwei Paare alter Vögel und Eier.

Bastard von *Hirundo rustica* und *urbica.*

Ein tüchtiger Naturkenner gewahrte am 15. Mai d. J. (1876) in der Gegend von Anklam eine Schwalbe, welche sich durch ihr eigenthümliches Aussehen von den anderen Schwalben unterschied, so dass derselbe sich veranlasst sah, dieselbe zu erlegen und Herrn Tancré in Anklam zu übergeben, wo sie prächtig ausgestopft sich befindet. Schon bei dem ersten Blicke erkennt man den Bastard, und dies wird bei genauer Untersuchung nur bestätigt, da der Vogel, wie man dies bei Bastarden gewöhnlich findet, zwischen beiden Eltern steht, sowohl in der Grundfärbung als Form, wie man aus der folgenden Beschreibung auch ersehen wird.

Der Gesammteindruck, den der Vogel macht, ist mehr der einer Rauchschwalbe, sowohl durch die Zeichnung der Unterseite,